阿利卡介绍

顾丞峰

20世纪晚期，观念艺术方式在世界上占有了无可否认主流位置，但这并不意味着传统的架上绘画方式无所作为，在西方仍有一些绘画大师活跃在艺术舞台上，弗洛伊德、大卫·霍克尼、莫兰迪、古图索、帕尔斯坦、怀斯这些名字已为中国艺术家所熟知，而以色列画家阿利卡也是在西方拥有广泛影响的一位画家。

阿维格多·阿利卡（Avigdor Arikha）1929年出生于一个犹太家庭，他的少年生活极为动荡，他13岁时被关进了纳粹的集中营，但他的绘画才能使他有幸被解救并于1944年进入巴勒斯坦，进入耶路撒冷的美术学校，后又赴巴黎高等美术学院学习。在此受战后流行于西方的抽象表现主义风格影响很大。从50年代起，他被认为是以色列很有前途的前卫的抽象表现主义画家。在他的社交圈中有两人对他影响很大，一位是德罗特希尔夫人给了他很大的支援，另一位是著名的作家贝克特，后者在精神上一直给予他有力的支持。

在60年代后期，阿利卡突然决定放弃抽象艺术而改为写实方式，在他看来，艺术的实质在于观察。1970年11月他的版画在巴黎与奥登伯格、劳申伯格和约翰斯的联展确立了他的写实画家的地位和身份。尽管他曾经历了许多历史重要事件，但他的绘画题材大多取自周围的日常生活，室内窗外的所见之物以及一些为人所不注意的细小的角落。这与他坚信微小的事物同样可以具有大的意义的信念有关。所以一些艺术评论家将其称为肖像画家和静物画家。实际上他开拓了西方传统意义上的静物画领域。在他的画面上通常可见各种传统题材中不予表现的屋内各种角落，他有充分的能力将其诗意化而且与传统摆放的静物有本质的区别，如1991年的《工作室的窗户》、《夏日室内》、1990年的《毛巾和被单》。他的静物题材作品更为注意形的构造，这与他曾经历抽象艺术的阶段有密切关系。他的肖像将现代人的不安用一种简练轻盈的笔法表现出来，如《玛丽亚·凯瑟琳肖像》和大量的自画像。他的画面一般涂得很薄，甚至有种"逸笔草草"的感觉，其间透露出一种纯真自然的效果。

阿利卡的作品中同样可以感受到古典绘画的痕迹，不时可以看出委拉斯开兹、丢勒、凡·爱克和荷兰画派对他的影响。这使得他的绘画具有某种程度上的永恒感，而这一点正是他改为从事写实绘画追求的目的，这也确立了他在西方当代艺术史上的不可替代的地位。

作品目录

二个苹果和三个梨子在被覆盖的餐具柜上　73cm×60cm　1973

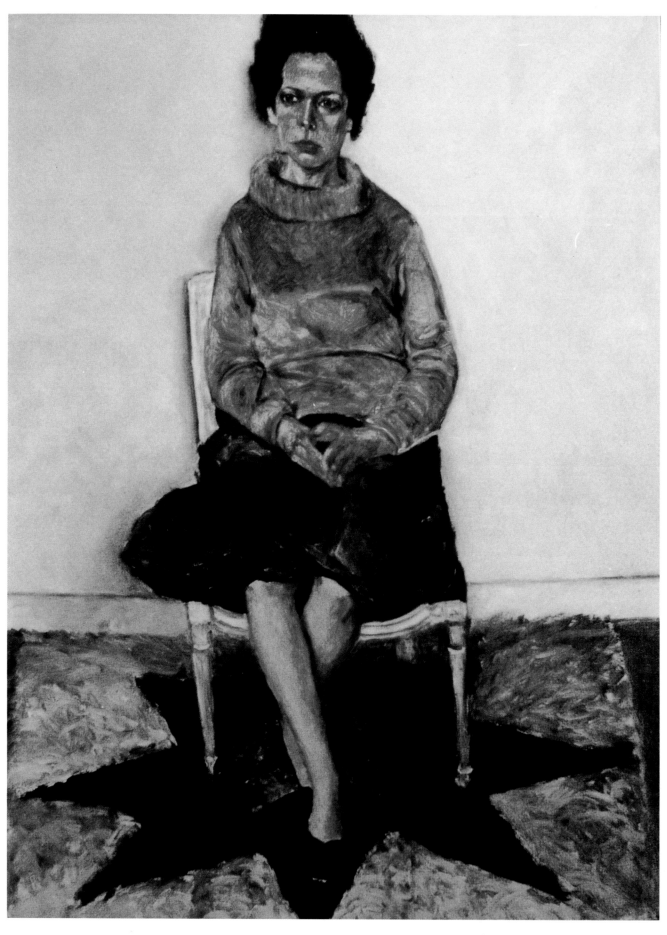

坐着的安娜　146cm×114cm　1975

电灯泡　25.5cm×18cm　1976

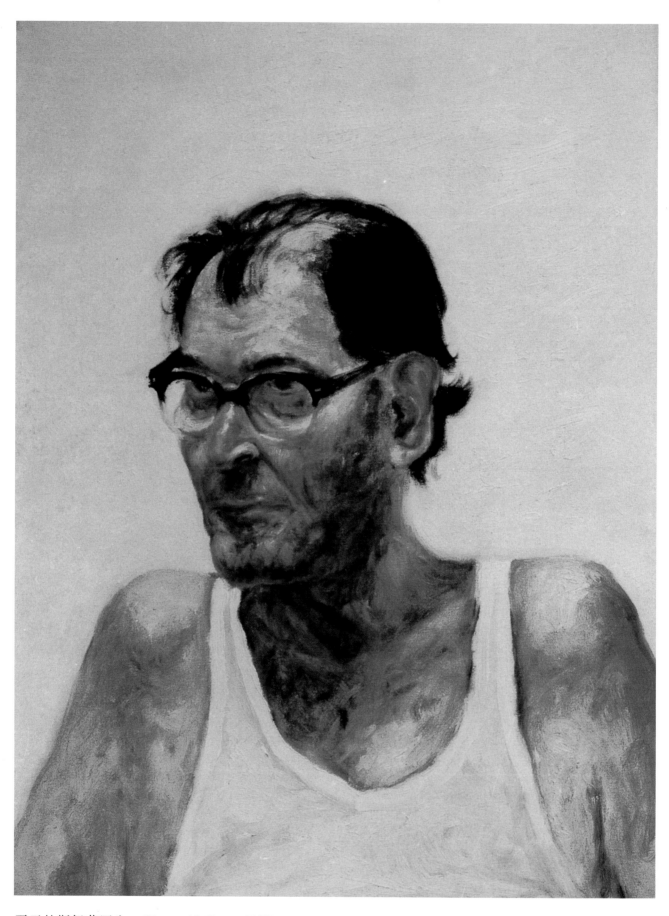

夏天的斯佩茨医生　67cm×45.5cm　1977

玛丽亚·凯瑟琳　61cm×64.8cm　1982

六月的广场　195cm×130cm　1983

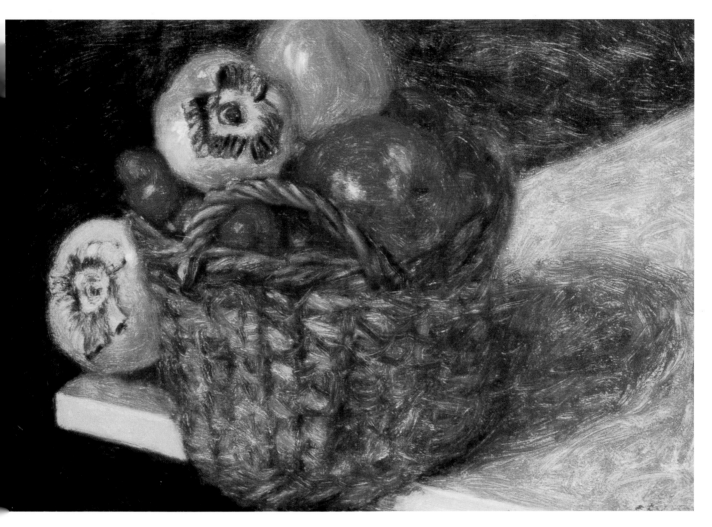

苹果和柿子　28cm×40.4cm　1983

等待　92cm×73cm　1985

墙　100cm×81cm　1985

有着蓝色餐巾的平静生活　65cm×45.5cm　1985

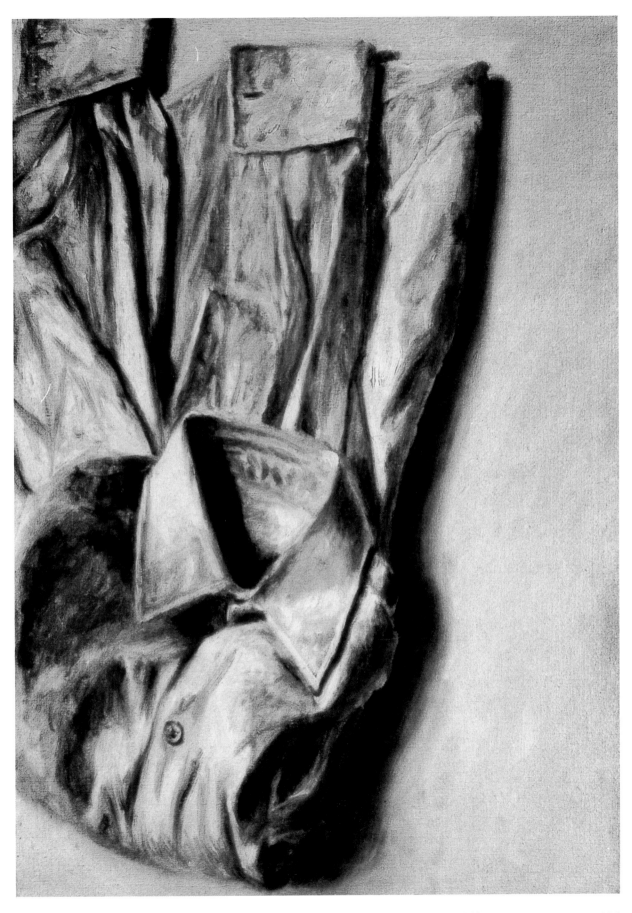

白衬衫　65cm×46cm　1985

玻璃门和铜版印刷机　1985　50cm×60.7cm　粉画笔,手制纸

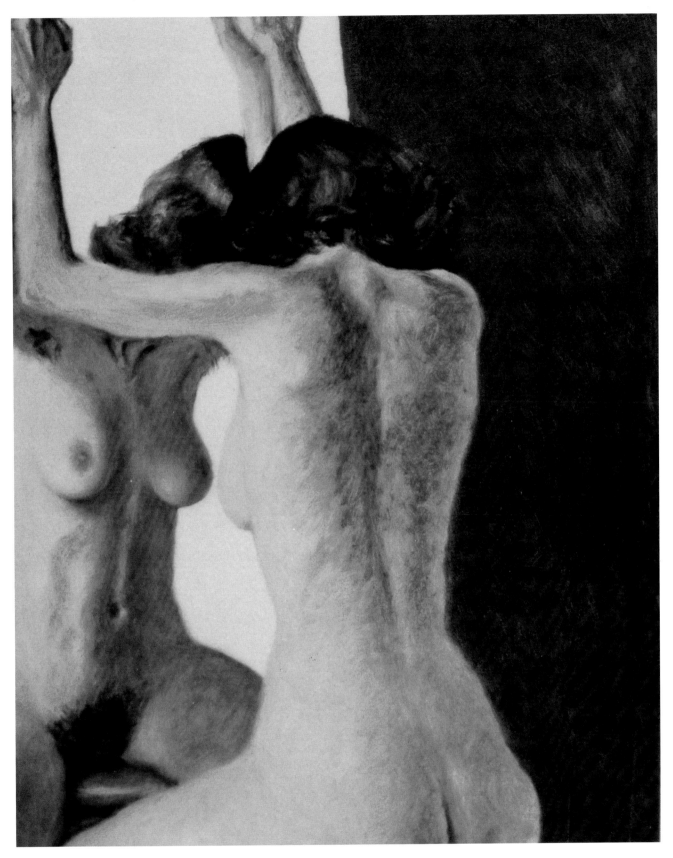

坐在镜子前的裸体　81cm×65cm　1985

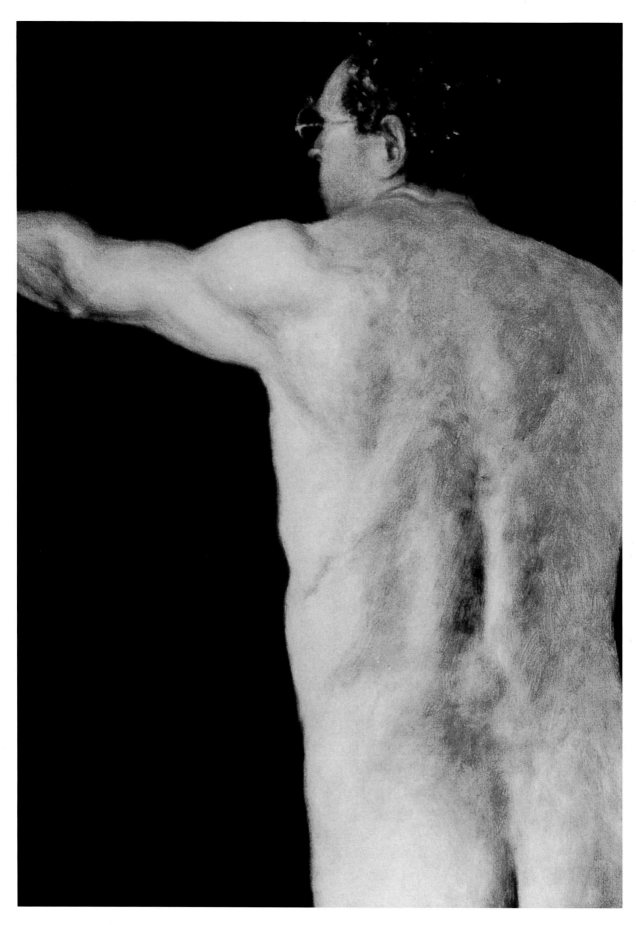

从后面看的裸体自画像　65cm×45.5cm　1986

工作室的角落　65cm×50cm　1986

三件衬衫　46cm×65cm　1986

油画布和工具　61cm×50cm　1986

打字机　81cm×65cm　1986

羞怯　81cm×65cm　1986

被反射出来的风景　146cm×114cm　1987

工作室的镜子　162cm×130cm　1987

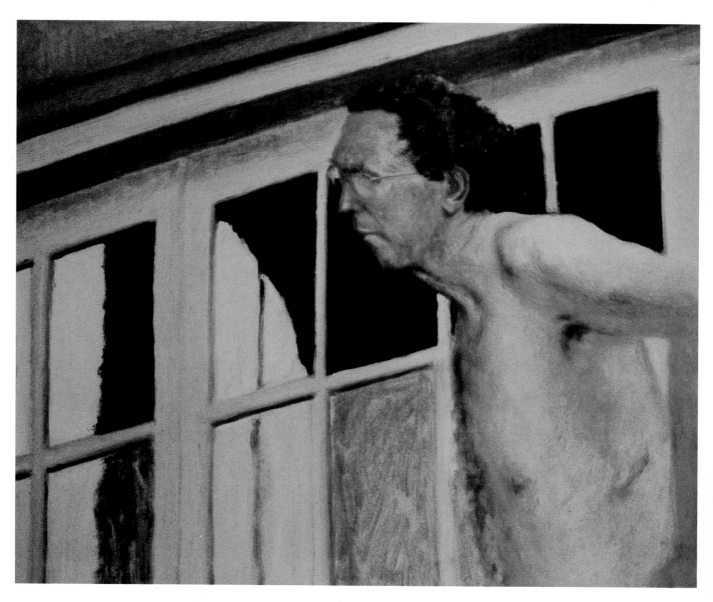

玻璃门和自画像　81cm×65cm　1987

倒躺着的劳加　81cm×65cm　1987

工作室的墙　100cm×81cm　1987

房间一角　146cm×114cm　1987

床单上的裸体　146cm×114cm　1988

举着手的自画像　1988　33cm×50.8cm　粉画笔和染了色的布纹纸

亚历克山德·弗里德利克·道格拉斯　90cm×70.2cm　1988

穿着雨衣的自画像　1988　70.5cm×55.5cm　粉画笔、砂纸

艾冷·德·贡芝伯格　81cm×65cm　1988

安娜穿着橙色和蓝色的衣服　100cm×81cm　1988

阿来考·贡兰德里斯　81cm×65cm　1989

信　46cm×38cm　1989

卧室　100cm×81cm　1989

墙上的裂缝　81cm×65cm　1989

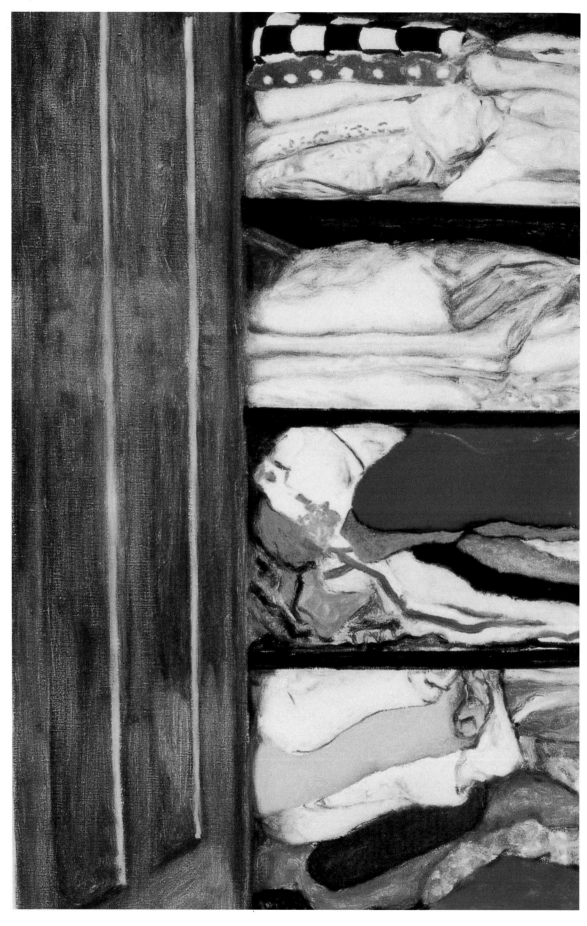

毛巾和被单　100cm×65cm　1990

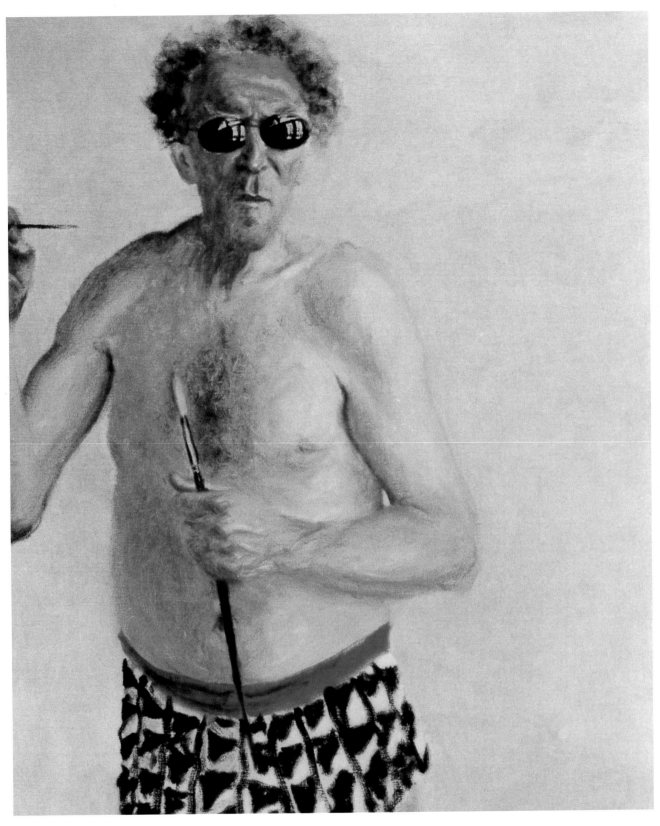

热天作画　73cm×60cm　1991

夏日・室内　146cm×65cm　1991

床沿　100cm×65cm　1991

工作室的窗户　162cm×130cm　1991

日本碗里的柿子　27cm×46cm　1992

午茶时光　38cm×46cm　1992

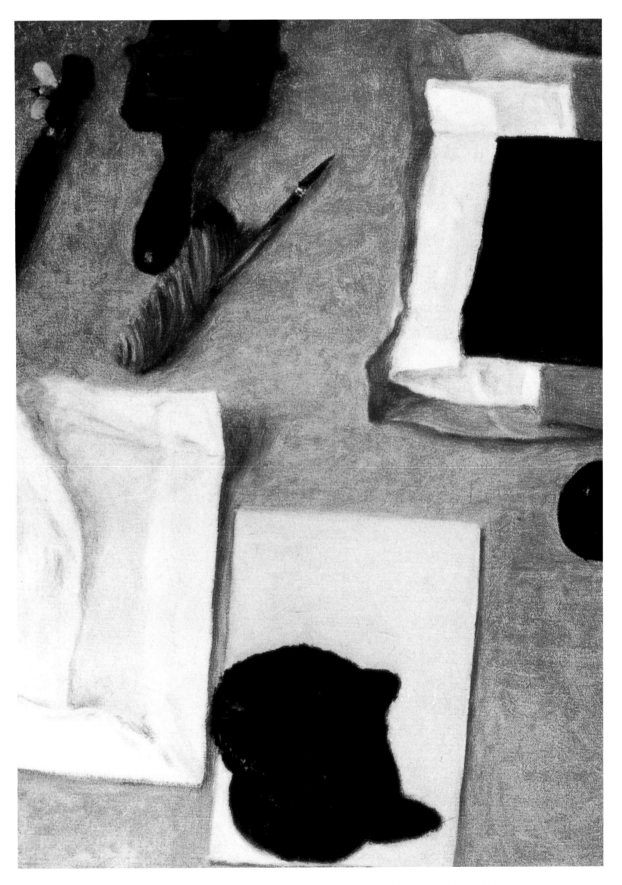

蚀刻用的工具　100cm×81cm　1993

凳子和鞋子　73cm×60cm　1993

穿着红色和黑色衣服的安娜　100cm×81cm　1993

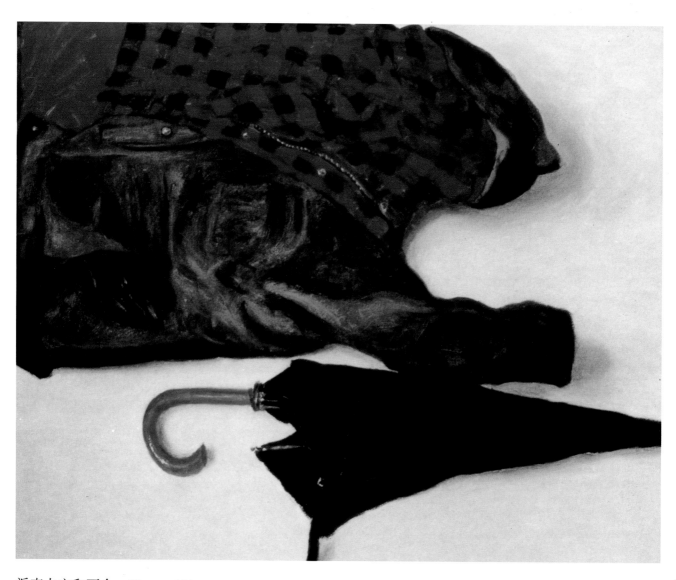

派克大衣和雨伞　81cm×100cm　1993